Crema de vainilla

Artemisa Téllez
con ilustraciones de Betsy Romero

*voces*entint**a**

Cuidado editorial: Bertha de la Maza Alcocer.
Diseño editorial: Alejandra Pineda Meléndez

Crema de vainilla

Artemisa Téllez

Primera edición: Febrero, 2014.

D.R. 2014 de la presente edición:
Editorial Voces en Tinta
Epigmenio Ibarra 700-3
Col. Romero de Terreros. 04310. México, D. F.
Tel. + 52 (55) 5533-7116
distribuidora@vocesentinta.com
www.vocesentinta.com

ISBN en trámite.- **9786079324025**

Impreso en México.

Prólogo

Pese a su juventud, Artemisa Téllez es probablemente la autora más audaz y franca de su generación. Podría decir, junto a su narradora, una buena chica que no por involucrarse en maratones de belleza deja de serlo: "Las ideas son juguetes peligrosos y la mente –mi mente– una enorme juguetería".

Quebrantadora de estereotipos, de clichés y, sobre todo, sacrílega del lenguaje, el cual manipula con desparpajo casi *clitordiano* que no le ha impedido imbricar una de las más elegantes prosas de los últimos años, pudiendo decirse, incluso, que en ese aparente desenfado está la clave de la seducción de la escritura de Artemisa Téllez. Envolvente, hipnótica, cálida... esta *nouvelle*, más que hacer honor a su título – *Crema de vainilla*- se sumerge en él: los amores aquí expuestos son resbaladizos, untuosos, sedosos... como el temperamento mismo de Lala, personaje-fetiche en torno al cual, como bien dice la narradora, giran no solo los demás personajes, sino el sol y las estrellas.

El quid de esta apabullante historia no es, como en la mayoría de las novelas sobre conflictos de identidad sexual, la triunfal salida del closet, ni la confrontación de un mundo que insiste en juzgarte por lo que haces con tu cuerpo y no con tu inteligencia, sino la recaída en la trampa de Lala: auténtica mujer letal –las *femmes fatales*, pareciera decirnos la propia Lala, están *demodé*- la cual no solo seduce a otras jóvenes con su sexo y su belleza, sino también con una exquisita frivolidad que vuelven al maquillaje, al lipstick, al perfume, y a las prendas de diseñador parte de su frenética actividad erótica. Más que una novela lésbica, *Crema de vainilla* es una novela sobre los exquisitos secretos del cuerpo y la mente femeninos, imposibles de compartir con otros seres que no sean las propias mujeres. Aquí, sin embargo, se exponen generosamente, para horror de uno que otro varón de religiosidad fálica. Genuina *novela femenina*, en la más novedosa acepción del término: "(...) su boca tan cerca de mi boca que no pude no besarla..."

—Eve Gil

No es adecuado decir lo que se piensa, escribir lo que se piensa, externarlo... Las ideas son juguetes peligrosos y la mente -mi mente- una enorme juguetería. Jugar, ah, jugar, es lo único que vale y cuenta, lo único que transforma, que entretiene las horas de nuestra existencia sin rumbo. A veces, sin embargo, los juegos de uno son sencillamente la vida entera de alguien más. Somos como hormigas adentro de un hormiguero: nunca falta un niño, un chiquito grandote, que ponga una piedra en la entrada condenándonos a morir asfixiados dentro... No, no es adecuado externar lo que se piensa.

Conocí a Lala en la universidad: una niña rica que se vestía de forma estrafalaria y manejaba un último modelo. Todos le caían mal, nunca comprendí por qué me dirigía la palabra. Además de becaria en su universidad cara, era yo "lo menos cool y lo más naco". Casi diario íbamos a su casa, platicábamos seis mil cosas mientras nos hacían el pedicure y nos traían sushi. Sus papás nunca estaban, ella y yo nos convertíamos por ende en dueñas de los jacuzzis, la alberca, los vinos y el séquito de criados, para pasarnos las tardes juntas hablando de libros y mujeres.

Lala es muy hermosa. El pelo largo rizo y anaranjado cae sobre su espalda demasiado derecha, sobre sus hombros deslumbrantemente blancos; sus ojos verde obscuro enmarcados por largas cejas hacen su cara la más bella que haya visto en la vida. El cuerpo, estrecho hasta la cintura y enorme de caderas y piernas, largo, larguísimo como una pintura del Greco se mueve lentamente arrastrado por el viento. Y su voz, esa voz ronca y seria la hace parecer enojada cuando nunca está así, conmigo... Sí, me enamoré un poco de ella por esos entonces, me gustaba mucho y me hacía sentir siempre al filo de algo que me emocionaba y me dejaba girando. La universidad es así, el período de morir de amor y de desear tanto todo y de tener pláticas masturbatorias con toda la humanidad para ponerse calientes porque se siente bien. Pero con ella todo era más, distinto, mejor... ¿O será que nunca he tenido yo otra amiga tan bonita?

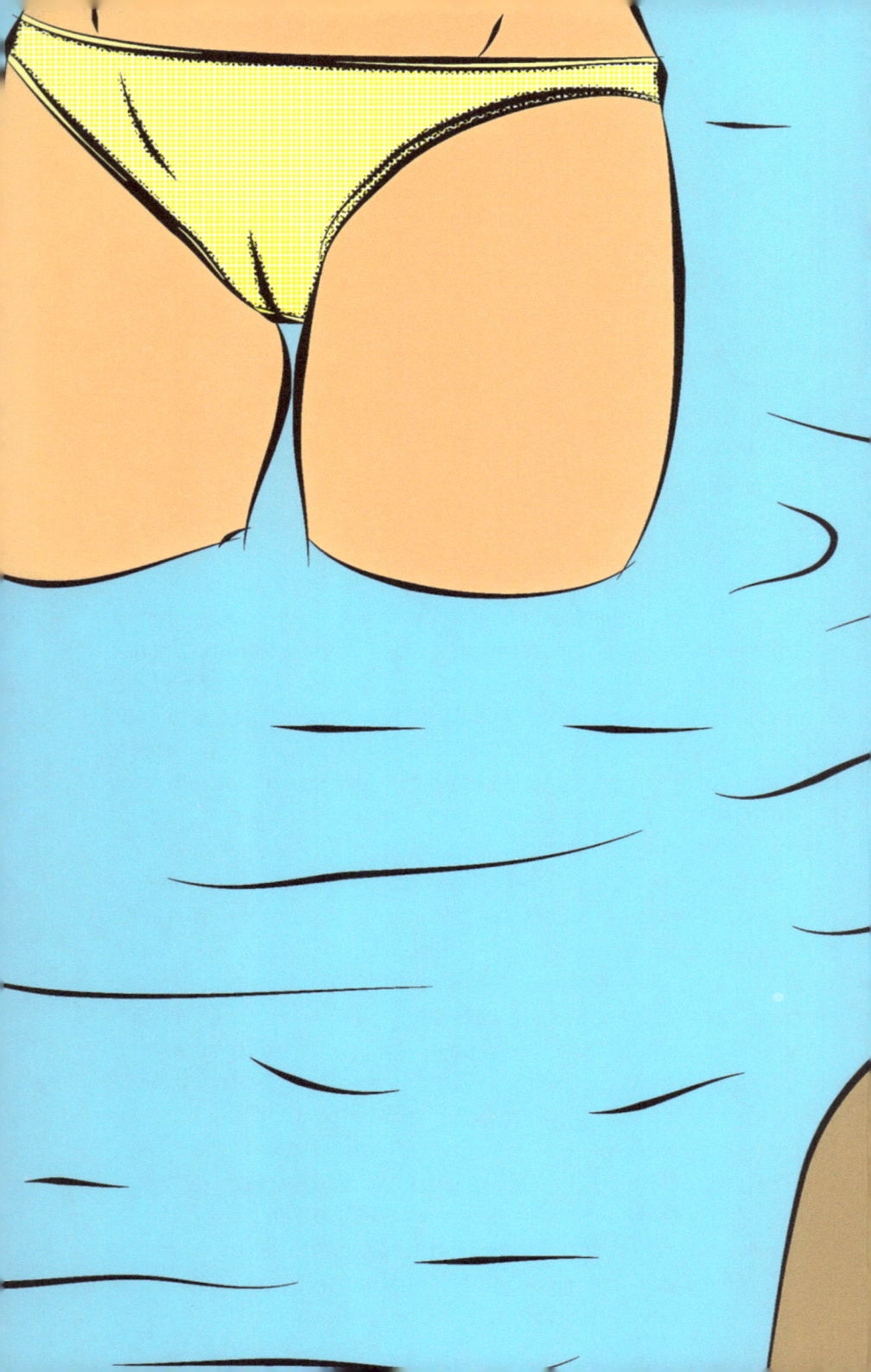

Mis cuates no le caían bien, mis amigas y ella se odiaban a muerte. Poco a poco los fui dejando de lado para estar con ella porque así es el amor. En mi timidez nunca le dije que la quería; ahora pienso que si se lo hubiese dicho muy probablemente se hubiese reído de mí, así que me limité a jugar, a ser una amiga, una confidente, una compañera de juerga y su más devota, entregada, dispuesta, abierta y dulce amante.

Tuvimos sexo muchas veces; la primera desperté sola en su cama después de una gran peda pensando que lo había soñado todo, después comencé a recordar: el antro, los bailes cachondos y su boca tan cerca de mi boca que no pude no besarla, sus amigas gritando y aplaudiendo. Puso sus manos en mis nalgas y les guiñó el ojo; yo, casi temblando, le acaricié las tetas en medio de la pista de baile. Mi pelo todavía olía a tabaco y la cama estaba húmeda de sudor. Lala salió del baño desnuda y con una toalla en la mano. Buenos días, desfloradora experta... Yo me sonrojé, le aventé una almohada. Se burlaba de mí ¡se burlaba! ella había estado con miles, hombres primero, después mujeres; en cambio era mi primera.

Me bañé con su jabón de vainilla, shampoo de vainilla, acondicionador de vainilla y luego me embadurné con su crema de vainilla y salí. Mi ropa está sucia, dije. Me prestó una blusa y una falda que me quedaron enormes, calzones y calcetines. Todo lo remangué y acomodé como pude y nos fuimos a desayunar.

En aquel café de la Condesa la mesera moría por Lala. Intercambiaron miradas, risitas, coqueterías y después desayunamos hablando de la borrachera y de la música del antro.

Llegué a mi casa a las cuatro de la tarde. Le dije a mi mamá que tenía un dolorón de cabeza y me encerré en mi cuarto para masturbarme con su ropa puesta.

Lala se había acostado con todas sus amigas, lesbianas o no, desde que entró a la secundaria. Ella no lo pedía, lo provocaba, sabía hacerlo sin pedirlo. Al día siguiente le llevé su ropa a la escuela, mi madre se la había lavado y planchado. Los calzones, me los quedé, no sé si los echó en falta, pero jamás dijo nada.

Los fines de semana invariablemente íbamos a bailar. Jueves en la noche sin falta, arreglaba mi maleta con dos cambios de calle y dos de antro, pijama, maquillaje, cepillos de cabeza y de dientes y dos que tres accesorios más. No me volvían a ver por la casa hasta el domingo en la noche o a veces el lunes después de la escuela. Siempre nos poníamos ebrias, siempre éramos las últimas en salir del lugar y siempre nos acompañaba Adriana aunque nos caíamos en el hígado. A veces iban Marcela, Karla y Estefanía y muy de vez en cuando Erick, el único amigo de Lala. Llegando al lugar pedíamos una botella por cada dos cabezas y siempre teníamos mesa donde dejar nuestras cosas y sentarnos a descansar, platicar, besar, beber, fajar o cualquier otra cosa que se nos ocurriera. Lala siempre nos enjaretaba a sus ligues de manera grotesca: daba una orden retórica (platiquen, bailen...) y se iba dejándonos con una extraña que pocas veces le quitaba la vista de encima en toda la noche. A pesar de tan deplorable mecanismo, he de reconocer que muchas de ellas llegaron a ser mis fajes y coges, dos inclusive fueron mis novias.

La vida al lado de Lala era toda felicidad (estar bajo un sol quemante no deja de ser cálido de algún modo), siempre y cuando no tuvieras pareja. Cuando Karla y Estefa empezaron a andar invitaba sólo a una aludiendo que era noche de solteras. No les disparaba nada, les hablaba con sarcasmo y cada vez que se besaban las interrumpía con alguna broma de mal gusto. Nadie decíamos nada, Erick era el único que se atrevía a llevarle la contraria. Nos miraba con fastidio y repetía continuamente con voz tipluda que nosotras nos teníamos la culpa de que fuera tan mula porque la consecuentábamos en todo. Y sí, la consecuentábamos aunque fuera la más mula de la tierra porque cuando tienes unos ojos como esos te puedes dar casi, casi cualquier lujo. Erick evidentemente no comprendía el motivo.

Dos meses después Karla y Estefa terminaron y a Karla nunca la volvimos a ver.

Lala nunca tuvo pareja durante los años universitarios. Ella no creía en el noviazgo, el matrimonio, el compromiso, la familia; sólo creía con fervor en el poder de su mirada, en la firmeza suculenta de sus pantorrillas.

Mi primera novia, novia, la tuve terminando el segundo semestre de la carrera, muy poco después del episodio de la crema de vainilla y la agarrada de tetas (en esos entonces mi amor por Lala era fiebre, una fiebre de tormenta tropical que había de fertilizar muchos campos de mi vida personal, pero que nunca redundó en algo con ella). Se llamaba María Elena, de cariño Male, tenía un año más que yo y la conocí en Mamá Rumba el día del cumpleaños de un compañero de la escuela.

Lala estaba bailando por todo el antro, había tomado muchos Bloodies Maries y ya se estaba besuqueando con Marcela que estaba bastante mareada también. Male la empezó a mirar con lujuria desde un extremo del lugar donde bailaba con su primo, el del cumpleaños. La locura de la danza atrajo una hacia la otra, bailaron cachondamente, se fajotearon y después Lala me la llevó hasta la mesa. Platiquen, dijo, se van a caer muy bien. Male era una chava inteligente, estudiaba ingeniería en la UNAM. Nos tomamos unos mojitos y luego nos dimos un beso largo, largo y otro y otro. Platicamos de millones de cosas y nos intercambiamos teléfonos, números celulares y correos electrónicos.

A la mañana siguiente llamó a mi celular, nos citamos en el Parque Hundido para ir a comer. Lala me observaba arqueando las cejas mientras hablábamos ¿Vas a ir? Si, es muy buena onda; en la tarde te hablo para ver si hacemos algo en la noche. No hace falta, tómense su tiempo. Lo dijo con malevolencia, estaba molesta y yo, por alguna razón, sentía que estaba violando una regla tácita de nuestra relación.

Malena era encantadora, salimos catorce días seguidos y después declaramos pública nuestra relación. Lala se portó amable con ella, aunque conmigo estaba rara y distante. Entre semana Male y yo salíamos a cenar o al cine casi todos los días, los fines íbamos a bailar por lo menos un día. Las amigas de Lala no le hablaban demasiado y le preguntaban constantemente cosas estúpidas que me hacían sentir avergonzada: ¿y si es buena la UNAM?, ¿es cierto que la gente se droga dentro de los salones? Malena casi siempre respondía con diplomacia, se reía forzadamente o me sacaba a bailar para perdernos en la pista lejos de ellas, pero sé que esos comentarios la sacaban de quicio y nunca hice nada para defenderla.

Lala no festejaba los chistes en torno a la "Naconal", todo lo contrario, desaprobaba con gesto fastidiado las bromas de sus amigas. Los jesuitas serán una maravilla, comentaba, y luego las tiraba a locas diciendo que no había que hacerles caso. Esa deferencia me conmovía, sólo la había visto respetar a las parejas de Erick, por otro lado, en mi malsano corazoncito sentía el aguijonazo de su indiferencia: ¿Será que Estefa si le gustaba? ¿O Karla? No tardé mucho en saberlo, un par de semanas más tarde Malena y yo terminamos.

Fue un pleito sin importancia, uno de tantos en torno a mi closetazgo: Tienes veintitrés años y no lo saben tus padres... No se los pensaba decir jamás, era mi vida, mi opción, mi problema, ellos lo preferían así de cualquier forma. En la tarde ya la extrañaba, así se lo dije a Lala que se había pasado el día escuchando una y otra vez la historia de lo que había pasado. Háblale; no dejes pasar más tiempo, es tan linda Male, me cae tan bien; estoy de acuerdo en que igual no se debió haber metido en tu vida así, pero seguro lo hizo con buena intención. Tres mil cosas me pasaron por la cabeza mientras articulaba un largo ¿Tú crees? Claro, me encanta esa chava porque está bien loca y es super liberal. El tono que utilizó se me hizo abominable ¿A qué te refieres? Pues que me late mucho la relación madura que llevan, sin tabús, ni tanto rollo. En pocas palabras me hizo saber que ellas cogían cada tercer día y que Male sabía que Lala y yo también. El corazón se me rompió en mil pedazos, no puedo explicar lo que sentí. Todo era un fraude, todo era un robo de lo único que creí mío en la vida.

Nunca le dije nada, no desmentí su versión ni otras. A Male no le volví a hablar porque no quería dejar mal a Lala si había mentido, ni enfrentarme a la realidad si es que era cierto, así que dejé pasar todo y seguí con las pedas y pijamadas que, pasadas algunas semanas, volvieron a hacerme feliz.

Me volví un poco menos tímida, un poco más descarada; quería reírme de la vida con el mismo cinismo que lo hacía Lala, era tan bella, tan impersonal, tan sensual, tan cruel, tan castigadora, tan mala; la odiaba profundamente porque me dosificaba un placer que quería beberme entero: el de estar entre sus piernas. Ya no importaba, mi amor romántico se había suicidado, me bastaba con pegarme a ella en cachonda danza y prestarme a sus deseos sin dejarle ver los míos jamás.

A veces, mientras dormía, la miraba en la semiobscuridad roncando levemente con la boca entreabierta y las mejillas pálidas y deseaba besarle el cuello, deslizarme sobre su epidermis muda para hacerla florecer como un jardín de poros destiladores de humedades, sudores, suspiros y jadeos; pero me quedaba ahí, observándola, con mi mano sobre mi sexo sin atreverme siquiera a tocarme a mí, a sentirme palpitar y sudar y gemir suavemente sobre la cara mullida de la almohada.

No sé si lo que sangra es mi nariz o mi boca; tal vez son las dos. Con las manos atadas a esta altura no puedo ni siquiera sentarme en el piso y las rodillas me duelen. Odio esperar, por eso lo hace; no debo quejarme porque será peor. Quisiera quitarme la ropa. Los tacones me rompieron las medias y ahora me lastiman las nalgas. En una circunstancia como esta ni se suda ni se llora, pero no lo puedo evitar.

La fiesta en Tequesquitengo fue todo un éxito. Vinieron quince chavas y cuatro chavos que prefirieron prescindir de la lésbica compañía y se fueron temprano de regreso a su hotel. Todos trajeron los regalos más adecuados para un cumpleaños de veinticinco. Ya estamos en edad de merecer, repetía continuamente Lala mientras los abría. Un Chivas Regal, un Torres, un Don Julio, cuatro botellas de Absolut, dos conjuntos de Oysho, dos de Victoria´s secret, un Hunny bunny y un Mr. Pleasure. Yo le preparé un pastel de arándanos con chocolate cubierto de crema de vainilla y le compre un par de velitas: 2, 5. Lala, que amaba el Vodka, odiaba sobremanera el Absolut así que se bebió las botellas preparadas en Bloodies Maries sólo para no hacer un desaire. Los regalos más festejados de la noche fueron los vibradores, Erick y su novio Ulises los habían comprado expresamente para la ocasión en alguna sex shop de la Zona Rosa.

Todo el mundo se puso ebrio. En las casas de Lala nunca ha faltado una cava nutrida, así que por los tragos y la coctelería nadie se preocupó. Bailamos y bebimos; luego jugamos castigos y preguntas, fuimos perdiendo prendas y estilo casi simultáneamente. Las bugas y los jotos huyeron cuando empezaron los besos y nos quedamos ocho, las de siempre y otras tres.

Marcela y Estefanía querían a como diera lugar cogerse a la maestra de historia, pero no habían acabado de irse los otros cuando ya se estaba besando con la adjunta del de Teoría Literaria. Estefa siguió tomando y se quedó dormida, así que la tercera en discordia cayó en brazos de Marcela.

Lala, Adriana y yo nos reíamos de la situación. Perras, no puede haber un pedazo de carne porque... Adriana y Lala comenzaron a besarse, sentí que el alcohol se me bajaba y apuré mi copa hasta el fondo. La espalda de Lala rozaba mi brazo, cuando se movían me movían un poco y yo ondulaba solitaria rodeada de fajantes en todos los sillones a mi alrededor. Estaba sitiada. Me levanté, era mejor que me fuera a dormir de una vez por todas; Lala tomó mi mano y me jaló para que me sentara de nuevo, retiró a Adriana un poco y me besó, a unos cuantos centímetros de su amiga que permanecía en el sillón. Luego puso mi mano en la pierna de Adriana y nos empezó a acariciar, una con cada mano. Fui yo la primera en abrir los botones de su blusa y vi transparentarse sus pezones endurecidos y arrugados. Se levantó y fuimos tras de ella como dos cachorros hambrientos.

Junto a la cama King size estaba la foto de bodas de sus padres. Ella se tendió sobre la colcha de tulipanes con la blusa abierta y de cada lado una de nosotras. Adriana le abrió el pantalón, sentí una envidia espantosa cuando metió la mano en sus calzones azul turquesa; yo me limité a besarle la boca, el cuello, los pechos duros y a lamerle las orejas, los pezones y el ombligo. Le chupé cada dedo mientras ella respiraba agitada y gemía suavemente, no podía saber por qué lo hacía. Nos pidió que nos quitáramos todo, se desnudó ella también y nos acarició brevemente los senos y el pubis. Se recostó de nuevo y seguimos tocándola y besándola; gemía, gritaba, estaba muy excitada y de pronto se sentó sobre la cama, jaló violentamente a Adriana sobre sí y se vinieron juntas, casi instantáneamente. Mi sexo empezó a palpitar, húmedo, fuera de control, comencé a llorar abrazada de mis piernas. Ellas, extasiadas, aun hacían movimientos breves una sobre la otra.

Lala cerró los ojos y se quedó así haciendo un ronroneo suave de espaldas a mí. Adriana la acariciaba sin quitarle la vista de encima tierna, amorosa, calladamente agradecida del éxtasis que acababa de proporcionarle.

Me quería morir, moría, mi cuerpo se enfrió espantosamente y no pude siquiera meterme en las cobijas.

Desperté enferma. De la garganta, del estómago; se me fue el día en vomitar. No debiste tomar tanto, repetía mamá en tono suave. Yo sólo trataba de olvidar, de distraerme y todo el líquido que había en mis entrañas salía hirviendo a la superficie al eco de un grito imaginario.

Abro y cierro las manos que están empezando a hormiguearme. Ha tardado mucho Lala y me muero de hambre. Mi nariz, boca, ojos, garganta, todo está seco de sangre, saliva, sudor. Quisiera tomar agua, la sed es una sensación horrible y placentera, muy rara vez permitimos que se seque la lengua, que se enfríe y se duerma así, como un animal en su madriguera. Me río dentro de mí; por fuera sonrío, me duele la cara, el labio ha vuelto a romperse y sangra un poco. Escucho pasos que se aproximan a la puerta y siento una excitación enorme, una inflamación de todo, un insoportable calor. Sudo, sudo de nuevo y la ropa se me pega, los cabellos me escurren, mi pupila se dilata, mis pezones se endurecen, todo se llena del olor dulce de guayabas, de la crema de vainilla que se derrite en mi piel.

Pensar en ella era mi delirio, no había manera de sacarla de mí, de mi piel. Es mi amiga, lo entendía, pero estar ante ella, sobre ella, para ella, tras ella, bajo ella, en ella, sin ella, entre ella, con ella se convertía en una obsesión que delimitaba todos los confines de mi universo. Lala podía tenerme cuando quisiera, puede, pero a los veinticinco años es demasiado doloroso vivirlo y tal vez un poco más reconocerlo, así que comencé a alejarme, a tratar de inventarme un mundo propio, un universo que no girara ya en torno a una diosa cruenta, falible, polisexual y despótica como ella.

Me miré al espejo, me vi: mujer, desnuda, joven, guapa, nunca hermosa, sólo guapa, todo en su lugar, justo, correcto, normal. Decidí que era valiosa, que estaba sufriendo y que bastaba. Las pijamadas se terminaron, de vez en cuando me quedaba, si no había más remedio, y me dormía luego, luego o me hacía güey hasta que se dormía ella. No más sexo, basta de pan con lo mismo, basta de tragedia. Me amarré las naguas y traté de la manera más estóica de dejar de llamarle, salir, vernos, al menos por iniciativa mía. Lala se dio cuenta, no reaccionó aparentemente de ningún modo; mientras, yo luchaba desesperada por no caer en mis propias trampas, enredarme en su pelo, resbalarme por su epidermis perfecta; blanca, tersa, lunar...

Bien pronto me hice de una novia, se llamaba Alejandra y no le gustaba bailar. Con ella tuve buenas pláticas y sexo divertido, pero no logró el propósito de distraerme de andar deseando volver a mis viejos hábitos. Por las noches soñaba a Lala desnuda corriendo entre árboles negros en un gran bosque helado. Aparecía y desaparecía, a veces me miraba y echaba una carrera riéndose sin parar, yo la perseguía y cuando la alcanzaba la besaba por la fuerza y ella me mordía los labios y me arrancaba un pedazo. Estoy enferma, sin duda, estoy enferma; al despertar lo primero que hacía era llamarle a Ale e invitarla a salir.

La puerta se abre. Mis pezones revientan rojos debajo de la blusa. Me mira con ternura y me dice que me quiere ¡No me toques! Le grito con voz desgarrada y se ríe. Por favor, Irene, ya no estamos veinteañeras para que me vengas con eso; sé perfectamente que te estás muriendo de ganas de que te ponga las manos encima. Se arrodilla frente a mí y me acaricia violentamente los senos. Mete su mano en mi entrepierna, debajo de la falda no hay calzones. Mira cómo estás, si quisiera podría darme un baño...

Estoy llena de agua; transpiro, chorreo, su mano está llena de la saliva perfumada de mi sexo. Me acerca los dedos a la boca. Los lamo, los chupo, amo mi propio sabor. Me besa apretándome mucho la cabeza contra ella, sus dientes afilados me lastiman, su lengua moja toda mi cara ¡Suéltame! ¿Por qué, sólo porque te da la gana, puta de mierda? Me tiene de los cabellos, pero no me pega. Se levanta intempestivamente y se va. Siento morirme de pena. Lala, no te vayas, pero ni siquiera me mira. Minutos después entra Adriana con un plato de sopa, pan, agua; los deja en el piso sin dirigirme palabra, me desata, me da una cobija y se va.

Adriana empezó a estar cada vez más cerca de Lala. Salían mucho, pasaban una por la otra a sus escuelas, se llamaban. En mi cabeza todo era repetirme que era mejor, que yo no quería ser ese instrumento, ese juguete con que Lala se divirtiera, pero sí quería. Los celos me aguijoneaban, perseguían, devoraban y mi deseo por ella me galopaba en la piel de día y de noche.

Te ves muy desmejorada, mijita, eso de estudiar tanto no te está sentando bien. Son los exámenes, decía yo; me preocupa la beca... La verdad no entiendo cómo la mantuve, cómo hacía algo, cómo me gradué.

La vida siguió su curso deprimente por un par de meses más, entonces reconocí que todos mis esfuerzos habían sido en vano. Alejandra me invitó a una fiesta que organizó su tía en un departamentotototote en presidente Masaryk. Había bebidas para aventar y gente de todo, la mayoría dopada o ebria. El ambiente me pareció agradable, porque a los veinte minutos estábamos mareadas también, embriagadas por rosadas burbujas de Dom Perignon. Empezamos a bailar, a pesar de que ella lo odiaba, y a reírnos de la concurrencia. Sociabilizamos con medio mundo y nos besamos y todos decían que éramos una linda pareja. Es que Alejandra es muy hermosa... Mi corazón, siempre tan apagado, se iluminó lleno de nuevas esperanzas: sentí que me bañaba y toda esa pasión terrible había resbalado de mí para irse finalmente por el caño.

¿Se quieren quedar a dormir? Así no manejan. Nos quedamos. La recámara era enorme; tenía una ventana que daba a la avenida, un tocador lleno de perfumes y una cama matrimonial. El baño, de mosaico negro, tenía las toallas limpias dobladas sobre una silla. Todo olía a duraznos. La fiesta perdió interés para nosotras, nos metimos a la regadera y nos besamos mucho, mucho. Sus pies y los míos se tocaban en el suelo. Le besé el cuello, los pechos, el pubis; ella me acariciaba la cara, el pelo, la espalda; nos abrazamos y danzamos apacibles bajo el chorro de agua hirviendo, hirvientes nosotras mismas con los ojos cerrados y la boca entreabierta.

Caminamos con una bata cada una y una toalla en la cabeza. Nos tumbamos sobre la cama, felices, el Ambos Mundos y el Hotel Revolución nunca hermosearon tanto en una noche como esta. Ella me besó y me acarició las mejillas tiernamente y por primera vez me preguntó si la quería ¡Te adoro! contesté y le arranqué la bata.

Su vientre y ombligo me enloquecían infinitamente, los besé mucho, mucho y su respiración se agitaba; mis manos ocupaban sus senos pequeños y las suyas los míos, enormes. Espera, le dije, no hagas nada todavía... Es que soy una fácil, una loca, una eyaculadora precoz, prefiero que no me toquen hasta que sea el momento justo. Puse mi boca en su sexo que estaba cerrado. Le abrí las piernas un poco y la acaricié. Bebí de ella todo lo que pude, estaba hirviendo. Se tapó la boca porque no podía dejar de gemir. Me subí en ella, le puse las manos en mis pechos y me empecé a mover rápida, casi violentamente. Me jaló hacia delante, totalmente acostada sobre ella; sus manos firmes en mis nalgas y su boca, su lengua, sus dientes de caníbal jugando con mis pezones. Empezamos a gritar, el milagro se efectuaba: estábamos llegando al mismo tiempo. En mis entrañas se rompió un dique, sentía que me vaciaba temblando de placer. Te amo, gritó, ¡Te amo! De mi boca solo salían suspiros. Nos abrazamos trémulas y humedecidas; nos acurrucamos en las cobijas calientes y frías. Ella musitaba algo muy bajito, secretos para sí misma del estado semiconsciente; yo repetí: te amo, Lala, te amo...

Salí del lugar con fanfarrias y por la puerta grande, gracias a las diosas estaban todos muy ebrios para recordarlo. Ella lloró, lloró mucho ese éxtasis que no pudo durar una noche; yo no pude decirle nada y me fui como una cobarde, corriendo a toda velocidad sin despedirme de nadie.

Extiendo la cobija en el suelo y me siento a comer a toda velocidad sin cubiertos; luego me recuesto sobre las morusas de pan que me pican, pero no tengo energía para sacudirlas. No se oye ningún ruido, a lo mejor Lala y Adriana salieron de la casa. Cierro los ojos por un segundo y me quedo dormida.

Aborté de tajo el intento de vivir sin Lala, volví a ella, fracasada y triunfante, un semestre antes de terminar la carrera.

Entré al salón con una sonrisa, empezamos a platicar y me senté con ella. No le dije que había terminado con Alejandra, ella lo dedujo. Nos fuimos juntas en su carro a comer en el Petit Cluny.

Cuando Adriana entró al restaurante me miró con horror, con asco como si se le hubiese aparecido Hitler en tanga; me reí para mí, me daba gusto molestarla, opacarla, ponerla nerviosa, así que mientras ellas comían dos ensaladas de la casa, vino y té frío, yo festejé mi momento con un calzone bolognesa y cuatro micheladas cubanas.

La obsesión es así, mi obsesión; va y viene y se hace más grande cuanto más se cree que al fin se ha empequeñecido. Fuimos a su casa nos bañamos, nos pintamos las uñas de los pies y de las manos, nos untamos crema de vainilla, nos secamos el pelo y nos maquillamos mientras Lala hacía miles de llamadas en el speaker preguntándoles a todos qué iban a hacer en la noche.

Fuimos a bailar a un pequeño antro de mujeres que estaba en la calle de Monterrey; ahí, apeñuscadas con otras doscientas, bebimos mucho y bailamos más. Lala no tomó vodka esa noche, pidió un whisky en las rocas, mismo que prefiere hasta hoy. Yo me tomé varios tequilas, una cerveza y un desarmador y me fumé varios tabacos aunque nunca lo había hecho.

Empezamos a bailar en bola, éramos seis y se suponía que nadie venía con nadie, unas chavas se acercaron y se quedaron bailando con nosotras. Yo apuré mis tragos, me estaba aburriendo infinitamente el numerito de los bailes amistosos; sé que a Lala también, ella nunca se conforma, quiere siempre más.

En cuanto me sentí un poco mareada aventajé a Adriana jalando a Lala hacia mí. *Procura coquetearme más y no reparo de lo que te haré...* Mis pies volaban rápidos y coordinados, los suyos iban lentos y se tardaron en adaptarse a mi baile. Le di vueltas y vueltas y las demás

se disolvieron en la multitud de féminas ruidosas que para mí ya no tenían cara, nombre ni importancia. Estábamos ahí, juntas después de meses y su cintura se balanceaba entre mis brazos mientras le acercaba la cara al hombro y aspiraba su olor a vainilla. Nos reímos mucho, me dijo que mi risa le gustaba, entonces me reí más y más, verdaderamente amo su risa también.

Me fui aproximando haciéndole notar que la olía, le pegué los labios al cuello y la apreté contra mí. Ella se dejaba querer, se quería y todos teníamos que quererla porque sí, porque así es la vida, porque no había más forma de existir a su alrededor. Bajé las manos y las puse en sus nalgas mientras mi cuerpo se humedecía de algo más que sudor. De pronto dijo que quería otro whisky. Yo voy. Me perdí entre el mar de gente y volví a toda velocidad con su vaso en la mano, ya no estaba. Volteé la cabeza para todas partes y no la encontraba; empecé a caminar doblándome de mil formas para caber entre los cuerpos que no se inmutaban hasta que topé con Adriana: ¿Has visto a Lala? Está en el baño. Señaló la puerta que estaba justo junto a ella. Lala salió, tomó el vaso, me dio las gracias y se llevó de la mano a Adriana para bailar a mitad de la pista. No me volvió a mirar siquiera; me senté en una esquina a empinar los caballitos como un patético Pedro Infante: ¡Qué ojeta, me cae, qué poca madre tiene!

A las cuatro nos fuimos a su casa. Adriana no se despidió de mí, se besaron en la boca y se subió al coche que el valet le estaba entregando. Dejamos a Marce en casa de Estefa y después le dimos aventón a una Fabiola que nunca había visto antes.

Íbamos en el carro absolutamente en silencio. Lala prendió el radio y se puso a cantar en inglés. Nos bajamos en su casa y me abrazó para subir las escaleras. Al llegar a su cuarto ya nos estábamos besando.

Me puso contra la puerta y me desabotonó la blusa, me acarició el pecho y me abrió el brasiér que, por fortuna, tenía el broche por delante. Quise desnudarla pero se negó violentamente. Espera, me indicó enérgica, al tiempo que bajaba el cierre de mi pantalón. Metió su mano en mis calzones y comenzó a mover dos dedos haciendo un círculo que iba cada vez más adentro. Me mordió el cuello y los senos en los que después restregó su cara y su lengua puntiaguda. Ah -me quejé- me lastimas. Sus ojos verdes se posaron en los míos con un brillo desconocido, sus dedos avanzaron dentro de mí y su boca se apoderó de un pezón que quedó aprisionado entre sus dientes. Sentí que me desmayaba; me tapó la boca con la mano y me dijo al oído: ni te atrevas a gritar. Deslizó su mano sobre mi pierna, bajó el pantalón y los calzones y comenzó a acariciarme las nalgas y a pellizcarlas con brutal fuerza. Estaba fuera de mí, mi mente se había fugado y no veía bien; me di cuenta que balbuceaba, ya no recuerdo qué.

Un dedo, un dedo sólo me penetró por atrás, emití un sonido leve ¡Cállate! Me ordenó al tiempo que comenzaba a palpitar, a respirar desenfrenadamente, a estremecerme toda con sus manos dentro de mí. Ella entornó los ojos con satisfacción, gimió un poco y luego sonrió. Estaba completamente vestida

Me recosté en la cama con la boca entreabierta y las pupilas dilatadas. Me dolía todo: el ano, la vagina, todos los poros del cuerpo. Nunca me había sentido tan viva. Lala se metió a la regadera, salió seca con camisón y bata ¿Quieres cenar? Me preguntó de lo más desenfadada y, como dije que no, apagó la luz y nos dormimos.

La nariz me sangra de nuevo, espontáneamente. Me despertó un toser interminable que me provocó aspirar. Estoy temblando de frío, me encanta cuando duermo así, descubierta. Siento descender la temperatura de mi cuerpo hasta quedar como un muerto: tieso, exangüe, pálido, sin vida.

Oigo que ya regresaron, están discutiendo a todo volumen en el piso de abajo. A Lala le encanta discutir, yo lo odio. Adriana le sigue la corriente o lo disfruta también.

¡Déjenme salir! –Grito- y oigo que suben la escalera a toda velocidad. Lamentablemente es Adriana quien abre la puerta. Me mira con ojos de advertencia. Lala le da un empujón. Trae un cinturón en la mano y me da: uno, dos, tres. A ver si ya te callas. Sí, sí. Me agarra de las muñecas. Sus ojos verdes penetran en los míos como un cuchillo. ¡Ay! Quisiera que no me soltara nunca...

Despertar en su cama es siempre mi más preciosa fantasía. Estaba ahí, cubierta únicamente por la sábana floreada. Su pelo rojo se enmarañaba en todo. Quería besarle el hombro, la nuca y los omóplatos, sin embargo me recosté. Se movió un poco, respiró profundamente, bostezó y abrió sus ojos enormes para que amaneciera al fin.

Buenos días. Sólo sonreí. Qué platicadora amaneciste... Buenos días, exclamé bastante torpe. Me muero de hambre. Brincó de la cama ¿Te quieres bañar?, ¿Pido que nos traigan de desayunar aquí? Dije que sí, nunca le he dicho que no a nada.

Me metí a bañar, tenía moretones en el cuello y los brazos; el pezón estaba negro, con la marca de sus dientes perfectamente visible. Cada lugar que tocaba estaba adolorido. Acaricié mi cuerpo mirándome en el espejo, nunca había sido tan hermosa. Mi boca, roja e inflamada, llena de pequeñas fisuras sangrantes, parecía más grande; brillaba como una flor. Tomé la esponja y la llené de jabón líquido. Recorrí mi cuerpo herido como una carretera llena de paisajes nuevos. Me sequé con la toalla de siempre, me embadurné de crema y me puse la ropa cuyo contacto me pareció áspero.

Los calzones me rozaban, sentí pequeño el pantalón, metiéndose entre mi cuerpo como los dedos de Lala. Salí, ella ya estaba vestida, sobre la cama habían tres charolas con melón, waffles, tocino, huevos, galletas, miel, mermelada, pan tostado, mantequilla, jugo de naranja, té verde, una jarra de agua y una caja de Tylenol. No sabía qué querías desayunar –dijo-, así que pedí de todo.

Se veía delicioso. Comí, me estaba muriendo de hambre. Lala como siempre sólo una tostada y té. Empezamos a platicar, a reírnos, todo era normal, demasiado normal. Te quiero mucho; me dijo mirándome con amor infinito, yo la besé en la boca tan fuerte que empecé a sangrar.

Me llevó a mi casa en su carro. Me dejó en la puerta y se comportó por única vez con una galantería masculina y torpe. Me abrió la puerta y me dijo adiós con unos ojos inéditos que no le volví a ver nunca.

Terminamos la carrera el mismo día del mismo año. Festejamos como locas y después yo me encerré a escribir desesperadamente una tesis. Metí papeles a donde pude y me fui con una beca a conocer el mundo. Los pobres tenemos que ser así, bien rápidos, astutos. Lala en cambio no se graduó; sigue escribiendo una obra maestra sobre las jarchas y el universo mozárabe que nunca, nunca terminará: *¡Ay flores, ay flores do verde pino, si sábedes novas do meu amigo!¡Ay Deus! ¿E hú é?¡Ay flores, ay flores do verde ramo, si sábedes novas do meu amado!*

Estuve en París dos años y me di mis vueltas por España, Italia, Francia, Portugal. Me enteré por esos entonces que Lala y Adriana eran pareja y estaban viviendo juntas.

Tuve muchas, muchas mujeres, todas bellas, inteligentes, talentosas; conocí mundo y viajé. Bebí muchos vinos, leí muchos libros, platiqué con muchos doctos y muchos legos, anduve callejuelas y cantinas, escuelas y congresos: cambié. Regresé a México con diplomas de cuanta cosa existe y me dieron unas horas que se incrementarán hasta significarme una plaza aquí o allá...

En todo ese tiempo por las noches, cada noche, imaginé solo una: la siguiente vez que la viera.

No pasó demasiado tiempo, a las cuarenta y ocho horas de que llegué me llamó: Vente a conocer nuestro departamento, *morimos de ganas de verte.* Tenía miedo ¿qué me iba a encontrar? Una Lala casada, una Adriana con ganas de verme...

El departamento en la calle de Arquímedes era una preciosidad. Estaba decorado de blanco, rojo y negro con tortuguitas y cerámicas orientales, tal como dicta el feng-shui. En la pared había una pintura que debía valer una fortuna. Está todo muy lindo de verdad. Ya sé que odias a Nierman, pero ¿qué se le va a hacer?, a mí me gusta.

Lala tenía el pelo a la altura de los hombros pintado de negro, estaba flaquérrima y más nerviosa que de costumbre. Platicamos sobre Europa, la procedencia de los muebles y cómo había sonsacado a su papi para que le diera el departamento. Lo tenía ahí, ni siquiera lo rentaba...

Cenamos comida árabe, pero sin carne, se habían vuelto vegetarianas. A las doce me despedí, nadie me detuvo. A ver si luego vamos a bailar o algo. Dije que sí, las puertas del elevador se cerraron y suspiré como esperando que algo pasara, pero no.

La vida puede ser aburrida, absolutamente decepcionante. Saqué la navaja que tenía en el cajón de mi mesa de noche y me hice una marca en el muslo izquierdo; tenía muchas, todas en el derecho. Luego me la curé, no quería que se infectara, así que saqué el yodo y respiré profundo.

Me puse un camisón negro de encaje y aquella prenda que conservaba como recuerdo de nuestra primera vez. Me lavé la cara, me recogí el pelo y me masturbé frente al espejo evocando esas manos que me habían violentado tanto, que habían hecho tanto de mí por tanto tiempo, que me pertenecían así: lejanas, pegadas a su cuerpo y al de Adriana a quien tanto aborrecía. Mi rostro se llenó de súbita hermosura con un gesto de dolor y de placer, indefinidos; gemí en el silencio de mi cuarto a solas y las lágrimas rodaron por mi cara maldiciendo París y las maestrías y los días malpasados por su culpa mientras mi cuerpo se marchitaba esperándola. Era tarde, muy tarde.

A la mañana siguiente me despertó el teléfono ¿Bueno? Hola, floja ¿te desperté? Me quedé callada. Qué bueno, seguro si llamo más tarde ya no te encuentro ¿Quieres ir a comer? (Eran las diez de la mañana de un domingo después de una desvelada y una chaqueta monumental, no estaba pensando en comer, pero no dije nada) Irene, ¿estás despierta? No sé nada todavía, Lala, ¿te puedo llamar en una hora? Colgó muy decepcionada. Me quise volver a dormir, pero ya no pude. Di una vuelta y otra en la cama: ¿cómo carajos lograba ponerme siempre en estado deplorable? Me encabroné conmigo. No, no vas a ir a ningún lado con ella y su mujer; no vas a hablar sobre Nierman y el feng-shui y comer ensalada verde ¡No!, ¡no!, ¡no!, ¡no!, ¡no!, ¡no!, ¡no!

Me metí a bañar y me di catorce bofetadas. Ya fue ¡pendeja!, eso ya fue...

Decidí que no llamaría. Si me quiere ver que me llame, Lala nunca hace eso. Cuando salí de la regadera el teléfono estaba sonando, era ella, de verdad las cosas habían cambiado ¿Qué contestas? La verdad no tengo muchas ganas de salir, además tengo un chingo que calificar. Hubo una pausa muy larga; me puse nerviosa ¿Qué pasa? Nada, tenía ganas de verte. Mi corazón empezó a latir a toda velocidad. Adriana se fue a Tepic a ver a su hermana y voy a pasar el día sola. El sol salió por todas mis ventanas, entró a la casa, la inundó de golpe y me deslumbró. Le dije cincuenta tonterías y pasó por mí a la una en punto.

Me sentía poderosa, enorme, feliz; ella me había hablado, me había querido ver, había insistido porque se sentía sola. Cuando nos subimos al carro me preguntó a dónde quería ir y por primera vez en siete años me atreví a hacerle una sugerencia: Al bar La Ópera.

Comimos deliciosamente y tomamos mucha cerveza ¿Qué tal Europa? cuéntame. Le dije que todo era bonito y precioso. Ya en serio, háblame de ti, de tus amores; qué hacías ¿extrañabas México? Extrañaba y no, hay cosas de aquí que no me gustan... No hablaba, me estaba mirando con toda atención. Le ennumeré las amantes que había tenido, la liberalidad con la que se manejan las cuestiones sexuales, lo grato de los barecillos de Chueca, lo guapa que era una francesa que conocí en Zurich, todo lo que no importaba. Sonrió y me dijo que era yo una rompecorazones con un tono espantoso de tía orgullosa. Pensar que cuando te conocí eras virgen. Se rió sarcásticamente. Me sentí estúpida.

Cuando íbamos saliendo me dijo que quería dar la vuelta. A ti te gusta tanto el centro... A ella no, siempre decía que era un mierdero de nacos y merolicos. Caminamos hacia el zócalo y dimos la vuelta abrazadas. Me sentía incómoda, extraña, era otra, otra, flaca y pelinegra, casada y mansa, de mi brazo por Madero.

Fuimos a su casa, abrió un vino y puso música afroantillana. Se quitó los zapatos y se sentó con los pies sobre el sillón. Me quería ir, estaba harta, sin embargo me quedé. Ella me miraba con ternura, observándome como si fuera una niña que repentinamente se hubiese desarrollado. Ahora cuéntame tú, dije rompiendo nuestro diálogo de pausas, ¿cómo fue lo tuyo con Adriana? No sé, me enamoré, creo. Su respuesta me lastimó, me concentré sólo en que no se me notara. Estaba sola siempre y ella igual; pegadas, pegadas y un día nos dimos cuenta que hacía mucho habíamos dejado de ser amigas. Luego nos mudamos aquí.

Hice un esfuerzo insólito por sonreír. Adriana me gustaba mucho, no tanto como tú, claro; ella siempre estuvo celosa de ti. La sangre me ardía, mi corazón bombeaba todo hacia el cerebro donde faltaba oxígeno, tenía la cara caliente y las manos congeladas. Estábamos locas tú y yo; cómo nos divertíamos. Sonrió para sí misma como si no hubiera nadie más en el cuarto para escuchar su monólogo. No es fácil encontrar compañeras de farra tan leales... Me miró, me miró, me estaba mirando y yo no sabía qué hacer. Me reí y desvié la mirada. Se acercó y me dio un beso en la boca, yo la besé más y más, luego me aparté y suspiré en tono de broma: todavía estamos locas.

Me quise ir y se lo dije ¿De qué tienes miedo, Irene?, parece que nunca lo hubiéramos hecho. Necesitaba escapar, salir corriendo. Se me acercó más, me puso las manos en los hombros y me buscaba con los ojos, con los labios. Yo la evadía, me sentía mareada y ebria, perdida repentinamente en un universo de latidos de corazón que no me dejaban escuchar nada; estaba temblando. Su boca me encontró, sus brazos se apoderaron de mí como si me hubiese vuelto pequeña, mínima. La agarré de la cabeza y ella me quitó la mano, nunca le ha gustado sentir que la detienen.

Rodamos sobre el sillón blanco, el rojo y el tapete. Las sienes me reventaban, no podía pensar; estaba sobre de mí, hacía lo que quería. Me abrió la camisa y el pantalón, se quitó la blusa. Sus senos pequeños y pálidos cayeron sobre mí. Olían bien, los amaba; los había extrañado tanto que sentí que iba a llorar. Los besé, ella se sentó en mí de tal forma que no pudiera alcanzarlos. Me besó el vientre, eso me saca de control, empecé a hablar, a decir una estupidez tras otra: ¿Y si llega Adriana?, ¿se lo vas a decir?, ¿qué clase de relación llevan ustedes? Seguí balbuciendo, hablando, hablando, en estado de shock, inconsciente de mí. Le decía que parara, que no estaba bien, que tenía miedo. Lala seguía, seguía, seguía, parecía que no me escuchaba. De pronto se levantó y se metió a su recámara de donde no regresó. Desvestida a medias, sobre el tapete de la sala, me preguntaba desconcertada: ¿Se habría hartado de mí, de mis estúpidos comentarios? Me levanté y la fui a buscar.

La recámara rompía todas las reglas del Feng sui. Era un espacio decadente iluminado por lámparas tenues, lleno de cojines, telas y tapetes de la India, mesas labradas y una cabecera hecha de siete mil flores en altos y bajos relieves. Lala estaba acostada ahí totalmente desnuda con una pañoleta roja en las manos. Sonrió.

¿Estás enojada? Pregunté en tono infantil. No, pero no pienso violarte; si no quieres es mejor que no hagamos nada. Me estaba muriendo, sonreí de una manera estúpida y después la miré. Perdóname. Se carcajeó ¿Por qué me pides perdón? Creo que te hice sentir mal... Sólo sonreía, su cuerpo blanco resaltaba sobre la colcha de elefantes azul y violeta. La vista de sus nalgas maravillosas me hacía temblar. Quería decirle algo pero no tenía palabras. El silencio se hizo largo, pero ella lo rompió: Si quieres que te viole vas a tener que pedírmelo. Me lo dijo tan seria que ni siquiera reaccioné. Suplicármelo más bien. Se levantó de la cama y caminó hacia mí, me metió la mano en los calzones y me empezó a acariciar. Viólame, le pedí casi en secreto, me miró como si no comprendiera ¡viólame, por favor! Grité a voz en cuello. Me desnudó y me tendió sobre la cama; con la pañoleta me amordazó. No volverás a arruinar el momento. Dio una embestida gigante con su boca en mi vientre, luego su lengua se arrastró hasta mi ombligo, jugueteó un poco y me empezó a morder. Yo me retorcía de placer descontrolado; me hervía la cara, el cuerpo, sentía que por cada poro se me escapaba el aire, el agua de mis entrañas se hacía vapor dentro de mi infierno. Me abrió las piernas y se acercó igual de súbitamente, me penetró con su lengua dura que se sentía extraña. Luego pegó su boca a mi sexo y empezó a succionarme, a beber de mí sin saciarse.

Quería gritar pero no podía, estaba fuera de mí, extasiada y en pánico. Sus dientes se sentían duros sobre, junto, dentro, alrededor de mi sexo hirviente. Me empecé a retorcer, iba a tener un orgasmo; se detuvo.

Me quitó la pañoleta empapada de saliva y me besó. Después me empujó la cara hacia su entrepierna. No hice más que obedecer aunque tenía la boca dormida. Me apretó la cara más y más asiéndome por el pelo. Estaba acostada sobre sus propias piernas dobladas y con la cabeza echada hacia atrás ¡Más fuerte! exigió desesperada y se levantó sobre sí para mirarme. Su cara pálida estaba sonrosada, sus ojos se clavaron en los míos en un gesto de infinito odio. Me estaba amenazando. Se reclinó y la recorrí de lado a lado con mi lengua, despacio, muy despacio, por cada hueco y cada pliegue. Metí mis pulgares en su vagina y empecé a succionar con la fuerza de mis labios. Se estremeció, siguió gritando ¡más fuerte, más fuerte! y luego sólo ¡más! y gemía.

Se arrojó sobre mí, me arañó los senos y la espalda. Puso su pierna derecha entre las mías y se arrulló violentamente hasta que se vino gimiendo y gritando groserías. Yo no decía nada, sólo jadeaba y suspiraba con los ojos casi en blanco. Lala se recostó sobre mí y me mordió el cuello y la boca hasta hacerme sangrar. Me quedé tendida, muerta, exánime, con los ojos perdidos en el pabellón de gasa morada que flotaba sobre mí, hasta que desperté. Eran las tres de la tarde del lunes.

Los días que siguieron a ese no quise llamarle y ella no me habló. El jueves a la hora de la comida le llamé desde la universidad para pedirle que nos viéramos. Fue amable y fría conmigo. No sé, es que yo estoy libre ahora, pero no sé si en la noche... Yo tenía clases todo el día, si acaso podría zafarme a las siete. Me dijo que me llamaba en la noche; acepté, no tenía más remedio ¡odio los planes de último minuto!

Di las clases distrayéndome del tema para pensar en Lala y distrayéndome de ella para poder seguir con mi tema de clase. Salí, me tomé un café con un par de alumnos de octavo semestre con el celular prendido y sobre la mesa. A la hora les dije que tenía que irme y salí camino de mi casa. Ya no habló, me caga el "yo te hablo", piensas que tienes un plan y no lo tienes. No quería llamarle, quería que cumpliera con lo que había dicho, pero tal vez ella no estaba tan consciente de la hora como yo, tal vez se había quedado dormida o había salido un rato. No se vería mal que yo le hablara, teníamos demasiado tiempo de conocernos, de ser amigas ¡carajo!, qué importaba quién le llamaba a quién. Marqué, sonó, pero no me contestó nadie ¡Maldita sea!, no debí haber esperado tanto, al día siguiente regresaba Adriana y ya no nos íbamos a ver, no íbamos a hacer el amor, ni besarnos, ni abrazarnos, ni quedarnos juntas a dormir más. Llegué a mi casa llorando de coraje, me quité la ropa, me metí a la cama y prendí la tele que de tan vieja y jodida sólo era visible en el canal dos.

Destapé una caguama y me la tomé, después un vino rojo y me sentí un poco mejor. Saqué la navaja la puse sobre mi muslo derecho y sentí su fría textura sobre mi piel cerrada. La arrastré un poco, pero no me cortó; había que afilarla más, había que hacerlo con más fuerza. Entró en la piel, la rompió en dos y se cubrió de la sangre que fluyó a toda velocidad a ambos lados de mi pierna. Mi colcha se manchó aunque había puesto una toalla. Ese ardor, ay, me hacía sentir mi respiración, el latido de mis venas, el espacio que mi cuerpo ocupa en el universo. La sangre me fascina, recogí un poco con los dedos y la chupé. Apagué la televisión, no soportaba una telenovela más, empecé a canturrear a media voz un bolerito muy antiguo: *soy dolor que nunca te ha dolido*.

Adriana se acerca a mí, me quita la ropa y me amarra de pies y de manos con una venda. Sacude la cobija y la dobla en dos para que me coloque encima de ella, nuevamente arrodillada. Se lleva el plato y me deja a solas con Lala que no ha retirado ni un segundo la vista de nosotras.

Pero mira como estás, hecha una mierda ¿cómo puedes permitir que te haga esto? ¿estás loca? Se ríe, después me da una bofetada. Mírame cuando te hablo ¡perra! Me toma por la mandíbula y pone su rostro muy cerca al mío.

Sus ojos verdes son dos aguamarinas profundas y bellas que se esfuerzan en parecerme terribles. Se desabotona la camisa blanca, no tiene brasiér. Me acerca el pezón a la boca y yo lo lamo, lo chupo fuerte como si fuera a comérmelo. Me golpea las mejillas con el revés de la mano ¡imbécil, me lastimas! Sonrío, la veo hacia arriba con los ojos solamente ¡levanta la cara!, ¡veme! Volteo al suelo, la evado, cierro los ojos, no voy a mirarla ¡Mírame!, ¡mírame, puta madre! Me agarra por los cabellos y me zangolotea ¡Que me mires te digo! El sudor escurre de mi frente, tengo los ojos bien cerrados, mi cuerpo es una caldera hirviendo ¿No oyes, sorda de mierda? Me suelta, se aleja de mí, aspiro su olor que es el mejor del mundo. No abro los ojos, si los abro se irá. Siento que se aproxima, me golpea, el cuero suena fuerte contra el cuero; mis poros se enchinan y yo la siento, la huelo, la tengo, con su atención toda en mí ¡Pinche pendeja! Grita desesperada y yo quisiera decirle que la amo, pero no puedo.

Cuando sonó el teléfono estaba dormitando sobre la colcha sangrada. Lo miré desde lejos, no sabía si contestar, eran las once de la noche; sería mucho pedir que fuera ella ¿Quién podía llamar a esta hora? Me dio curiosidad, pero me tardé tanto en levantarme que colgaron.

Me dormí bajo el sopor benévolo de los alcoholes y soñé cosas extrañas que más se me olvidan mientras más trato de recordarlas.

Desperté cruda y tuve que apechugar. Me tomé un Alka-Seltzer y me preparé una torta de jamón con mucho aguacate, un plato de melón y un café supercargado. ¡Ay, quién fuera un maestro viejo! de esos que tienen adjuntos, que pueden faltar por todo lo ya asistido... Comí como troglodita y me metí a bañar. Llegué temprano a la clase de las cuatro y me puse a hojear una revista literaria gratuita. Qué poemas más malos, diosas. Mi mente se fugaba de pronto, pero volvía: Lala, Lala, Lala; a esta hora ¿con quién estás? Con ella y yo aquí, esperándote ¿Cuándo dejaré de esperarte?, ¿en cien, doscientos años más?

La clase estuvo floja, los puse a analizar y comentar los poemas horribles que había leído bajo la pregunta "¿Todos tenemos derecho a publicar?" Mientras, me perdí en la vista de la ventana. Tenía la mente vacía y no pensaba. Los alumnos trataron de hacerme partícipe en dos ocasiones, pero desistieron. Abajo una pareja discutía acaloradamente: ella manoteaba, se levantaba, se sentaba, hablando, hablando, hablando sin parar y él impávido respondía con monosílabos y se pasaba las manos por la cabeza y el pelo con absoluta desesperación. En eso sonó una musiquilla exasperante; siempre me ha molestado que suenen teléfonos en clase. Nadie contestaba. Esperé unos minutos en el silencio absoluto del salón y caí en cuenta ¡el celular era mío! Disculpen, muchachos, olvidé apagarlo. Lo saqué de la bolsa, decía claramente LALA; pensé en colgar pero no pude. Bueno, dije mientras me acercaba a la puerta. Hola, ¿dónde andas metida? ¿Yo? en clase... Te hablé ayer, pero no contestaste. Mira, qué raro, de verdad que estuve al pendiente, pero como no era seguro... ¿Nos vemos hoy? Bueno. Paso por ti a la universidad ¿a qué hora sales? A las seis.

Estuvo por mí muy puntual. Nos saludamos con gusto y nos subimos al carro hablando del pasado inmediato (el tráfico, las clases). Puso un disco de Keane que me pareció tristísimo y seguimos hablando de todo y de nada. Llegamos a su departamento muriéndonos de la risa. Adriana, ya llegamos... Quise vomitar. Adriana salió de la recámara y se acercó a saludarme. Hola, qué bueno que viniste. Su beso era el de Judas. Nos sentamos las tres en la sala con una botella de vino blanco y un plato de queso fresco ¿Qué tal te fue en Tepic? Muy bien gracias. Todo se disolvió en trivialidades y alcohol; sociales, personales, vegetarianismo y feng-shui ¿Cómo carajos se me olvidó que ya había vuelto?, ¿por qué Lala no comentó nada?, ¿por qué no me atrevía a irme y ya, dejar por la paz todo esto? Mi sobrina está preciosa, es mucho más inteligente que su hermano que le lleva año y medio. Me extendió la fotografía; me quedé mirando sin mirarla durante horas.

Lala se levantó. Voy a preparar la pasta ¿Quieres que te ayudemos? No, por favor, todo lo contrario, quiero que sea sorpresa, así que ni entren a la cocina. Adriana y yo nos quedamos en la sala. Está muy linda tu sobrina. Sí, ¿verdad? Se parece un poco a ti ¿Tú crees? Sí... El silencio se interpuso de ahí en adelante y no lo podíamos romper. Finalmente Adriana habló: Lala me contó que se la pasaron muy bien juntas estos días. En realidad sólo nos vimos el domingo. Ya sé, pero con eso bastó. No entendía; sonreí hipócritamente y le di un sorbo a mi copa. Ella me lo cuenta todo, Irene, no tienes por qué sentirte apenada. Me quedé callada pensando millones de cosas. Ustedes siempre han tenido esa química, nuestra relación no lo va a cambiar. La cabeza y las manos se me hicieron pesadas, seguí ahí, volteando para todas partes sin atreverme a reaccionar. Somos adultas, no hay ningún problema. Se fue al comedor y empezó a poner la mesa con toda la calma del mundo

¿Qué sabía?, ¿era en serio?, ¿me estaba amenazando?, ¿se lo habría dicho alguien más?, pero ¿quién?, ¿qué me quería decir con eso? Lala salió de la cocina con la olla y una tablita. Las colocó en la mesa y Adriana entró por la ensalada. Intercambiaron cumplidos y se besaron en la boca; yo seguía congelada en el sillón de la sala. Vente a sentar. Me levanté automáticamente como si me hubieran apretado un resorte.

La pasta tenía espinacas, alcaparras, albahaca, pimienta, queso y piñones. La lechuga, palmito, elote tierno y alcachofa estaban cubiertos por una crema de mango. Ensalada de corazones, sonrió Adriana, mientras la servía con satisfacción. El estómago se me revolvió, todo se veía exquisito, pero no podía probar bocado. Me sirvieron un platote. Picoteé los piñones y me servía más y más vino ¿Qué pasa, Irene, no tienes hambre? Es que no me siento muy bien. Me levanté de la mesa. Corrí. Me miré en el espejo del baño y estaba pálida, con el contorno de los ojos ligeramente amoratado. Me eché agua fría en las sienes y la nuca y me froté la cara hasta que le volvió el color. De vuelta en la mesa empecé a comer con una avidez desenfrenada sin pronunciar ni media palabra. Qué bueno que te sientes mejor ¿quieres pan? Y yo

decía que sí ¿Agua? También me la tomé y después pastel de piña, chocolates y café. Todo está riquísimo, delicioso. De nuevo en el baño vomité, vomité y vomité sacando el líquido de mis riñones, hígado, cerebro y venas. Salí con la cara lavada y un aspecto casi normal.

Seguí bebiendo, ahora whisky que nunca me ha gustado, y me empecé a relajar. Volvimos a las anécdotas de la sobrina Paola y a las delicias de la cena que acababa de irse por la cañería sin decir media palabra. Adriana sacó una cámara fotográfica y nos empezó a tomar. Lala hacía ojos, gestos, caras, le enseñaba el escote; en cambio yo me sentía incómoda. Mira a la cámara, mensa, al fin es digital, si no te gustan las borramos... Lala se recargó en mí (foto), me abrazó (foto), me besó (foto), luego con cara de loca en celo con sus manos en mis piernas (foto), cintura (foto), caderas (foto), nalgas (foto), tetas (foto) y empezó a quitarse la ropa mientras yo seguía impávida, mareada, confundida, fundiéndome en el sillón blanco como un diminuto copo de nieve.

Empezaron los besos, los toqueteos. Adriana dejó la cámara de lado para colocarse justo detrás de Lala que estaba frente a mí. Le puso una mano en cada seno y le besaba el cuello, la nuca, los hombros; yo le besaba la boca y el vientre y la recorría toda sólo para volver a sus ojos y ver si estaban abiertos, si me miraban. Fuimos a parar a la recámara y nos revolcamos desenfrenadamente como las locas que siempre hemos sido: tocándonos, apartándonos, amándonos y deseando tanto extinguirnos, deshacernos, mezclarnos, confundirnos dentro de ese universo infinito que tiene ella, sólo ella, en los ojos, entre las piernas. Finalmente Lala apartó a Adriana de sí, me tomó por las caderas y pegó mis nalgas a su pierna y sexo. Se movía muy rápido, muy fuerte, sus manos me asían por los senos que estaban amoratados, jalándome hacia sí. Caí de boca en el colchón donde quedé hipando a un volumen inaudible. Las dos dejaron el cuarto y yo permanecí ahí extática, con los ojos entreabiertos por más de una hora. Me levanté y me vestí. En la sala ellas estaban abrazadas fumando en silencio. Nos despedimos casi sin palabras.

En el elevador fue donde me di cuenta que estaba maldita: todo olía a dulce, a guayabas, a vino blanco, a membrillo, a cardamomo, a canela, a especias, a vainilla; a sexo pues, a hormonas de mujeres calientes, a su sudor y fluidos, a los míos...

Mi cama olía a ella, mi ropa olía a ella, mi cuerpo transpiraba su aroma por cada poro de mi piel. Sentía que la gente se daba cuenta; que todos podían percibir ese aroma que yo tenía incrustado en la pituitaria.

De ahí en adelante los alimentos perdieron su verdadero sabor, todo me sabía a sexo. Entonces descubrí patologías que no sabía que tenía; perversiones del onanismo comunitario, del contacto involuntario... En las mañanas, cuando tomaba el metro para ir a trabajar, la gente me parecía limpia y hermosa; todos recién bañados y perfumados igual que yo. Al entrar a los vagones nos restregábamos y tocábamos, empujando, empujando sin saber hacia dónde ir. Yo me aprovechaba, me pegaba con fuerza a los cuerpos de las mujeres en traje de ir a la oficina y las olía, les pegaba la boca, las mejillas, los senos y dejaba ir mi mano suavemente sobre sus nalgas o piernas. Muchas me miraban extrañadas, pero al ver que era una mujer descansaban. Perdón, exclamé a veces con una sonrisa hipócrita, todas sonreían: No hay cuidado...

¡Oh, lúbrica ciudad de perpetuas orgías; vivan tus peseros, tus vagones retacados y tu metrobús!

Esa semana me cogí a una de mis alumnas, hay pocas cosas que me avergüencen tanto como eso. Me invitó a ir a un bar y aunque odio ir a los "bares" que les gustan a las veinteañeras y nunca de los nuncas acepto invitaciones de los estudiantes, ni siquiera a sus conferencias, bodas o exámenes profesionales, pero mi loca afición por las multitudes la favoreció esa noche (es que cuando todo huele a sexo no se puede pensar, se convierte uno en la antena receptiva de los deseos carnales de cualquiera).

Fuimos a una cervecería irlandesa rara y fresona que se llamaba el Wicked pub. Los amigos de la tal Ana Luisa no simpatizaron nada conmigo, aunque hicieron por ser amables a su modo. Cerveza para la teacher. Teacher ¿ya habías venido aquí antes? Cuando me terminé el tarro me despedí. Ana Luisa me alcanzó afuera y me preguntó que a dónde nos íbamos.

Nos subimos a su carro y manejó a toda velocidad hasta el Bakalao. Yo no conocía el lugar, era pequeño y relativamente agradable. Me llamó la atención que el bar tender y los meseros fueran hombres, siendo que era un bar de lesbianas ¿Te gusta? Sí. Está mejor ¿no? Oye, no les hagas caso a mis amigos, están bien güeyes ¿Por qué lo dices? En ese momento tocaban una canción que le gusta mucho y nos paramos a bailar. Yo llevaba la cerveza en la mano y más que bailar bebía erotizada de más por lo lleno del lugar. No se podía respirar, había demasiada gente; mi hombro rozaba con otro, mi espalda con otra, el pelo de alguna me golpeaba de vez en vez; estaba sudando. Ana Luisa estaba como una lechuga, sonreía y bailaba mucho, bebió sólo tres cervezas en toda la noche.

Se acercó más y más; los bailes inocentes iban perdiendo terreno en todo el lugar, al rato nos besábamos como locas. Hicimos el amor en su carro rápido y mal. Cuando llegué a mi casa tenía ganas de nuevo y me sentía arrepentida. Me hice dos marcas en la pierna y me dormí sin haberlas desinfectado siquiera.

Me tiende sobre la cobija, amarrada como estoy casi no puedo moverme. Estoy desnuda y me muero de frío. Ella me acerca su boca, me besa el cuello y las orejas, me muerde, me chupa, me lame y el sonido que hace me exaspera. Me resisto, le volteo la cara y ella me obliga, me fuerza con su cuerpo que es enorme, con sus manos que, libres, manipulan las mías atadas. Tiene la blusa y los pantalones abiertos, sin brasiér y sin bragas. Adriana entra en el cuarto con una cámara de video y nos mira sin mirarnos con su único ojo visible cerrado. Me pongo nerviosa, es ridículo que en esta situación me dé pena algo, pero mi fobia a las cámaras es enorme, mucho más enorme que la mayoría de mis filias. Siento ganas de matarla, abofetearla, de decirle que se vaya, pero Lala quiere que esté y no puedo hacer nada al respecto.

Trata de meter su mano por mi entrepierna que está cerrada, me niego y la empujo con toda mi fuerza ¡No! –grito- ¡déjame! El corazón me late a toda velocidad, tengo la cara caliente, las manos y los pies congelados. La herida de la pierna está supurando otra vez, creo que se infectó; me arde, me duele, me pica, me lastima, me molesta, como todo, como la realidad de sentir que me escapo de mí, que nada ni nadie pueden hacerme sentir nada. Quisiera vomitarme toda, vaciarme, cambiar de piel; pero me está mirando y sus ojos me hermosean y me hacen sentir valiosa dentro de este cuerpo desierto de mí.

No grites, ¡imbécil! Millones de lágrimas se escapan de mis ojos. Sus dedos entran en mí, abro la boca enorme, me bebo el aire del mundo que está mojado; cierro los ojos con fuerza. Adriana sonríe tras de la lente de la cámara.

A la mañana siguiente habíamos quedado de ir a la casa de Tequesquitengo aprovechando que venía el puente de día de muertos. Me levanté con hueva porque no tenía ganas de ir, pero como siempre, no supe decir que no.

Eché unos cuantos tiliches en una bolsa y me di por lista para salir. Pasaron por mí a las dos y media, yo ya llevaba una hora de estar haciendo tiempo frente a la televisión de un solo canal y recogiendo calcetines por toda la casa. Bajé y una vez más me sorprendí al darme cuenta de cómo desconocía el plan. Es que las lesbianas, gregarias en general, viajan, comen, van al cine o a pasear en grupos enormes donde todas se vuelven circunstancialmente amigas. Yo, desde luego, soy la maldita excepción.

Hola, sonreí torpemente a la gente distribuida en los tres autos que estaban frente a mi puerta. Respondieron al unísono. Lala se bajó y me abrazó, luego me dio los nombres de todas mientras estrechábamos manos. Me subí al carro donde estaba Adriana al volante y una extraña sentada atrás. Tenía un nombre antiguo y masculino Francisca o Enriqueta, no recuerdo. Intercambiamos un breve interrogatorio de nombres y ocupaciones y Lala comenzó su tradicional introducción de todas las reuniones: Las del carro rojo son fulana, mengana y perengana. Las del carro azul son chana, juana y su hermana. Juana era la pareja de mengana, pero ahora anda con perengana que trabaja en la revista equis junto con chana y fulana… Como siempre resultaba que todas eran parejas o exparejas unas de las otras, que eran fotógrafas o escritoras y que eran muy buena onda, muy talentosas. Mi cerebro era un sartén recién comprado: no se le pegaba nada, sólo escuchaba su voz como un rumor de mar dentro de un caracol.

La carretera estaba preciosa. Mis ojos recorrían sus verdes espacios con una avidez angustiosa. Me arrepentía, de todo, como siempre; para qué carajos había aceptado ir, para qué demonios decía siempre que sí a lo que ella me pedía... La mujer junto de mí contaba sobre su viaje a Cuba, pero nadie la escuchaba. El mundo me hastía, me aburre, un día terminaré de enfermarme de él y me voy a morir, finalmente.

Las flechas del camino se alejaban rápidamente, el carro se deslizaba suave, como volando tranquilo en medio de altas vallas de pinos. La temperatura bajó y me puse el suéter. Sonaba el disco de Rosana *a fuego lento revoltosas caricias que parecen mariposas...* y yo sentía sobre la piel y debajo de la ropa aguijonazos de avispas que contrastaban con su cursilería.

Llegamos rapidísimo, nos bajamos directamente en un restaurante y nos sentamos a comer. Mole, quesadillas, sopa de hongos, cuatro tacos de carnitas, un choriqueso, guacamole, chicharrón, frijoles de la olla y una infinidad de cervezas. El mesero se sorprendió de que comiéramos tanto, lo traíamos en chinga. Más tortillas, salsa, otra cerveza, un agua de tamarindo, hasta la sal se terminó. Lala sólo comió su sopa y picoteó un flan que yo me acabé. Después pidió una botella de vino y se la bebió sola.

Se reían a todo volumen, ya no me acuerdo qué decían. Lala encendió un cigarro y me sirvió un vaso de vino. Me empecé a reír también, ya me estaba empedando. El restaurante se fue vaciando y nos quedamos nosotras frente a más tequilas y más cervezas ¿Por qué es más moderna la masturbación femenina que la masculina? Porque la masculina es manual y la femenina digital... Me cagan los chistes, pero me estaba carcajeando. Lala se reía, poco, hacía humo con su cigarro y se balanceaba en la silla. Nos miramos y me guiñó el ojo, a veces la vida es como una película.

Vagamos por el pueblo que ya estaba a oscuras y regresamos al estacionamiento a las nueve ¿Vienen? preguntó la del nombre de hombre, me di cuenta que de nuevo desconocía el plan. Iban a una fiesta en otro pueblo, no contesté. Lala dijo que no tenía ganas y yo me sumé a la moción. Fue entonces que (a fuego lento revoltosas caricias que parecen mariposas), ante mis ojos azorados que no quisieron mostrar expresión alguna, Lala y Adriana se besaron apasionadamente para despedirse.

Todas me abrazaron diciendo mucho gusto, yo sonreía infinitamente alegre. Sus autos giraron en sentido contrario y se fueron moviendo las manos por las ventanas. Lala y yo nos subimos al carro, cerramos las puertas, prendimos las luces, ella comenzó a buscar un disco, me puse el cinturón de seguridad y mi corazón cubierto de miel destilaba el olor de guayabas por todos mis poros. Se escuchaba su respiración y la mía; estábamos solas.

El auto echó a andar por la carretera, música hebrea llenaba mis oídos concupicentes y vi, en un cielo negro, negro, una luna amarilla que se asomaba para saludarme.

Sus dedos me aprietan, me penetran, me rompen, me acarician; sus ojos, dagas ardientes, se encuentran al acecho. Su mirada se adhiere a mi piel como el calor de un sol quemante y cuando se mueve, me mueve, como una marioneta sin hilos.

Se mueve, tres dedos dentro de mí y dos afuera. Mi boca se ha comido el espacio y ahora está sobre de mí, ya desatada de los pies. Me duele y me quejo, ella trata de ir más y más adentro y mi cuerpo, arañado y roto, se le entrega hecho todo saliva para que entre.

Sus piernas rodean mi cintura, ya no trae el pantalón y su sexo está pegado a la mano que está dentro del mío. Se mueve, como una medusa gigante, llena de manos y bocas, lenguas y dedos que me envuelven y me tocan. Tengo calor y frío, me duele todo el cuerpo que está exhausto de ser mío y no puede renunciar. Me tiene abrazada, si me suelta me caeré al golpe de su embestida. Su mano se pierde entre mis pliegues, su boca se ha entreabierto y miro sus dientes: quisiera morir devorada por ella.

Hace un sonido fuerte, un gemido, Adriana sonríe y acerca la cámara hacia ella. Filma sus pechos que parecen apretados racimos de uva, su labio inferior desaparece entre sus dientes y estalla.

Yo me tardo, un poco, son sus latidos junto a mi pierna los que me arrastran al orgasmo. Grito, grita; tiembla el mundo alrededor y se desangra. Le pongo la mano en el rostro, es el más bello del mundo, me sonríe con una complicidad tierna y aunque no he dicho nada me contesta: yo también te quiero.

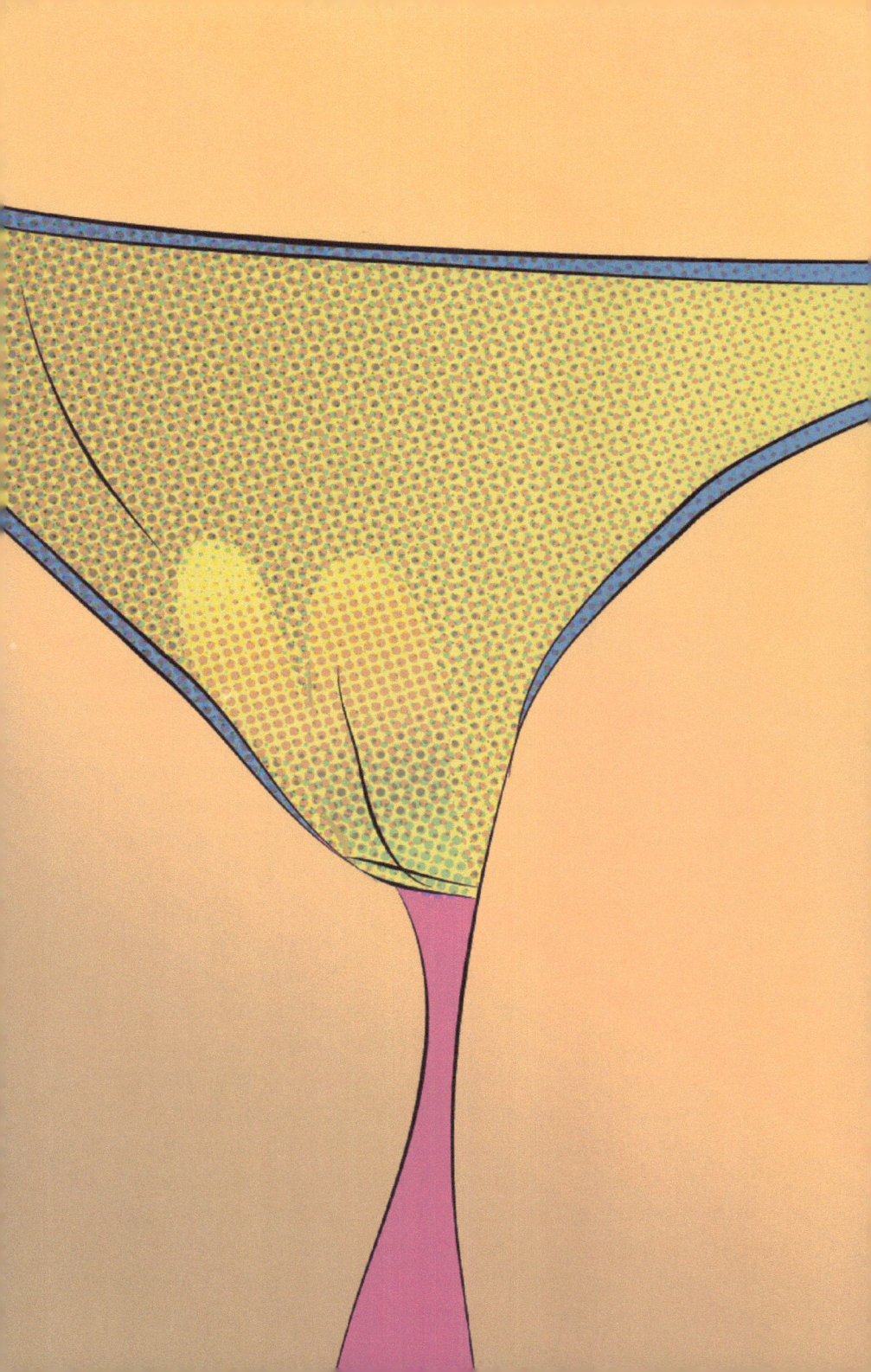

La casa estaba idéntica desde la última vez que había ido. Los mismos muebles blancos, los mismos cuadros pastel, la misma fotografía de Lala pequeña con una tortuga en la mano. Me encanta esta foto. Lo sé, hemos venido cien veces y siempre dices lo mismo. Me paré frente al cuadro de los hielos, ese sí me gustaba: En su piso resbaloso de espejo se reflejaba una luna verde. Lala se preparaba un trago, me ofreció pero no quise. No me sienta bien el whisky ¿Qué te gustaría tomar? Más vino. Descorchó una botella de tinto y me la dio.

Nos sentamos en la sala a hablar de la vida y del amor; abrimos nuestros corazones sinceramente y nos dijimos que nos queríamos tanto... Brindamos y nos reímos hablando un poco de las amigas de Adriana. Los chismes me parecieron más entretenidos ahora, en el silencio y la penumbra de su casa vacía. Estar con ella a solas es mi pasión, aún si no me dirigiera la palabra.

Después nos besamos, fueron los besos más tiernos que nos dimos en la vida; largos, cálidos, amistosos; muy apretados e íntimos, muy hermosos. Le acaricié el pelo y las mejillas, le besé las manos. Me dijo que le gustaban mis labios y mi mentón, yo ni intenté decirle de ella, no hubiera acabado nunca.

Se quitó los zapatos y subió los pies al sillón. Amo los pies, sus pies son un fetiche, un tesoro, un juguete, un manojo de terminaciones nerviosas.

Empecé a jugar, le jalé los dedos y le hice cosquillas; tenía puestos los calcetines. Después empecé a masajear. Eso se siente rico... Le quité las calcetas y las tiré al piso. Sus pies desnudos eran preciosísimos: redondos y rosados con una venita azul que se transparentaba a través de la piel suave y delicada. Al tacto parecían hechos de harina de trigo, de leche, a mano cada dedo, cada uña artesanal. Los acaricié y ella cerró los ojos y se reclinó extasiada. Se acariciaba el cabello y hacía un ronroneo extraño. Estás demasiado consentida. La seguí acariciando, los pies, el cabello, un masaje de hombros y nos dábamos besitos y nos abrazábamos; juro que nunca había sentido eso, nunca lo sentiré...

Todo palpitaba y hervía, todo en el silencio de miles de zumbidos de insectos desconocidos, todo en el calor de un noviembre dulce de guayabas y cardamomo. Me fui sobre ella, le besé el cuello y las manos y le desabroché la blusa que tenía sólo cuatro botones. Ella comenzó a reírse de mi impaciencia, a abrazarme con sus piernas perfectas que me excitan. Yo me movía rápido, poseída, obnubilada en el deseo de satisfacerme en ella. Me quité los pantalones y arranqué sin querer la costra que cubría la última herida que me había hecho: una cruz.

Escurrió un poco de sangre, Lala la miró sonriendo y suspiró entre risas que siempre he estado mal. Pegó su boca, me chupó la poca sangre que había y luego succionó la herida como si hubiera veneno en ella. Dolía. Me tendí en el sillón y se subió en mí.

A Lala no le gusta hacerlo abajo, es una controladora; se sentó sobre de mí y empezó a acariciarme con las dos manos de arriba para abajo. Siempre estás caliente, pinche Irene; siempre quieres hacerlo. Eres una maniática sexual ¿sabes? Me reí ¿De qué te ríes, puta, a poco no es cierto lo que estoy diciendo? Pegó su boca a mi vientre y trazó un pequeño camino de saliva, eso fue todo, pero tuve un orgasmo ¡Eres el colmo! se rió y se fue caminando desnuda con su vaso en la mano.

Me quedé tendida en el sillón, había sido todo tan rápido, tan lindo, tan distinto, pero ahora me sentía abusada, dejada sola y a medias en la sala de una casa ajena. Me enojé con ella, siempre me pasa; me enojo, me reconcilio, amo y odio yo sola porque ella no me hace ni más ni menos caso.

Volvió, traía una venda en las manos. Ahora cúmpleme una fantasía tú. Me enfurecí ¿creía ella que masajearla, acariciarla y quedar mal cogida era mi fantasía? La miré con extrañeza. Se aproximó al sillón y se puso de rodillas. Su cara quedó a la altura de la mía sonriendo sin sonreír como un lama. Alcé las cejas y me le quedé mirando fijo. Me senté y le puse mis manos juntas justo enfrente de los ojos. Pasó la venda por mi muñeca derecha y de ahí a la izquierda y otra vez y otra. Hizo un nudo apretado y me llevó a la recámara de sus padres en donde tantas veces habíamos cogido. Me amarró a la cabecera de la cama y me puso una mascada en los ojos.

Mi respiración se agitaba, una gota de sudor me resbalaba sobre la columna y no podía ver nada. Empezó con los sarcasmos diciéndome eyaculadora precoz y caliente. No contesté, toda mi energía estaba puesta en no caerme, estaba absolutamente mareada. Me senté en la cama. Párate, me dijo con tono enérgico. La obedecí. Me agarró las nalgas, las acariciaba de una manera ruda, casi brutal; después me golpeó. Sus manos eran pesadas, el golpe me cimbraba de la cabeza

a los pies. La piel se me enchinó, tenía miedo, pero el contacto de su cuerpo me llenaba de placer, de un placer lento y extraño que me abrasaba de dentro hacia fuera y me hacía deshacerme como el azúcar en el café.

Me tocó por todas partes, me pellizcó, mordió y lamió, luego me dio de bofetadas, empecé a llorar. Tranquila, dijo pegándome algo que se sentía extraño. Sube la pierna. Puso mi pie pisando el colchón y me levantó por la cintura. El "algo extraño" quiso penetrarme pero falló ¿Qué es eso? ¿Qué crees? Recibí por única respuesta y me levantó de nuevo. Se sentía real, muy real, era demasiado grande y me molestaba ¡Espera Lala! Me pegó a la pared con fuerza y me siguió levantando. La rodeé con mis piernas y sentí que dentro de mí ardía cada célula, cada átomo inflamado. Me desató, yo no sé cómo, y siguió cogiéndome haciendo sonidos roncos, secos, que al momento me parecieron espantosamente masculinos. Me quité la mascada, la vi moviéndose a toda velocidad sobre mi cuerpo que me parecía otro, no sentía nada ni oía nada, sólo observaba paciente un hilo de baba que pendía entre sus labios. Llegó estrepitosamente temblando sobre sí misma de una manera descontrolada. De mi cuerpo salió un cuajo de sangre que manchó la sobrecama.

Mis piernas se pegaron una a la otra, las crucé tratando de mitigar el escozor que sentía entre ellas. Mi vientre se había inflamado y el sudor disperso sobre mi cuerpo se había congelado y picaba como millones de afiladas agujas de cristal.

Ella respira junto de mí, mirándome agradecida con el arnés aún puesto. El juguete me repugna, nunca he estado con un hombre, nunca lo haré. Mira lo que hiciste, me dijo señalando la mancha de sangre que se había convertido en una pasta de cacao. Ven acá. Me jala hasta su cuarto por la fuerza.

Hay un armario antiguo, saca algunas prendas extrañas y las echa sobre la cama. Póntelas. No quiero. Me agarra del pelo y me mira amenazante; obedezco, siempre obedezco, soy su esclava y así lo quiero, que quiera matarme con tal de hacerme suya; quiero ser el fruto del que se alimente la más bella y perversa Eva del paraíso terrenal...

Medias, zapatos altos, una falda entallada y corta que se siente como de plástico. Nada de ropa interior como ella me lo ha indicado.

En la azotea hay un cuarto obscuro y húmedo al que me lleva mientras los tacones castañean por las escaleras.

Ahí me pone de rodillas y me amarra de un perchero horizontal que hay atornillado a la pared, no hay nada más en el cuarto.

Abajo se oye la puerta. Ella corre a saludar a su amada, dejándome amarrada ahí. Su amada, su amante, su esposa, esa nunca he sido yo, nadie lo es, no se puede, ella es una deidad antigua y castigadora como el neurótico Yahvé.

Pasan horas, muchas, las rodillas se me destrozan sobre el piso de cemento, los tacones se atoran constantemente con las medias y las han perforado finalmente. La nariz me sangra y sudo, sudo deseando que venga, pero no viene. Las manos me hormiguean, tengo sed y mi cara es una costra de fluidos secos que salieron por mis orificios cuando había algo de líquido en mí. Todo es seco, muerto; sólo mi sexo lúbrico resiste los embates de esta sequía. Se oyen pasos, mis entrañas se vuelven fuego, se acerca a la puerta y entra. Me toca, me manosea, me lame y me besa, me palpa la vulva roja que escurre de tan húmeda. Me da de mi propia agua y bebo. Me deja, se va, le suplico que espere, pero la he perdido, el silencio y la oscuridad me envuelven de nuevo. Adriana llega con su estúpida cara de mosca muerta. Me desata sin hablarme y me deja algo de comida. Como con frenesí y después me tiendo sobre la colcha sangrada que doblada en cuatro se siente un poco suave. Duermo. En mis párpados cerrados se proyecta el rostro de Lala cuando era pelirroja. Los gritos de Adriana me despiertan mientras discuten abajo. Odio las discusiones, pero a Lala le encantan. Lanzo un alarido desesperado; déjenme salir y logro mi cometido: mi amada entra al cuarto con un cinturón en la mano. Adriana me desnuda, vuelve a atarme, ahora de pies y de manos. Estoy de rodillas. Lala me ofrece su pezón redondo y perfecto que está erguido y arrugado. Como de él, es mi único alimento. Me golpea, dice que la he lastimado. Quiere que la mire, pero no puedo, no debo, tengo sólo un miedo en este segundo eterno: que se vaya ¡Mírame! Me grita y me cruza la cara a bofetadas. Adriana está filmando, no sé siquiera cuanto tiempo lleva ahí. Me busca, me resisto; le hago creer que no quiero sus manos, su boca, sus dedos, su mirada. Se exaspera, se enloquece, se pierde en la desesperación de sentir ignorada su autoridad. Me viola, otra vez, me penetra por la fuerza con esos dedos que besé. Se pega a mí, se pega, se mueve y me mueve como acompasadas ambas por una danza hechiceril inevitable. Su mano es un nuevo órgano reproductor, de ella nacerán miles de sueños, de noches de insomnio, de poemas y novelas y canciones de las que estoy preñada desde que la conocí. Se viene, nos venimos y Adriana capta el momento sin sonrojarse siquiera. Mi sexo palpita, abierto infinitamente como una anémona sonrosada. Se mueve, mi corazón da un vuelco, su piel se va desprendiendo de la mía. Nos despegamos, nos desgarramos y ella vuelve a ser otra, con vida propia, parada en sus pies que idolatro.

Adriana la cubre con su camisa ¿Tienes sueño? Le pregunta y Lala asiente frotándose los ojos como una niña.

Se van, se fueron, me pregunto ya poco hace cuántos días. Estoy en el suelo cubierta sólo de frío. Debí haberle dicho que la amaba...

¡De verdad que esta ciudad es invivible! Exclama la coordinadora que me mira flaca, amoratada, con un ojo negro y la boca rota. Para qué —dígame usted- para qué secuestrar a una maestra universitaria. Fue un secuestro express. Lo que sea, es un horror, una vergüenza.

La palabra vergüenza siempre me ha gustado, ahora sin embargo, no la siento, ni la conozco.

El camino hacia el 314 me parece largo y bello, maquillado por la luz blanquecina del incipiente invierno. Detrás de mí caminan los alumnos, me dan muestras de solidaridad y me sonríen.

Un bip dentro de mi bolso me hace recordar que hay que apagar el teléfono. Es un mensaje de Lala...

Crema de vainilla
Se terminó de imprimir en los talleres ubicados
en Calle 2 número 21. Col. San Pedro de los Pinos.
03800 México, D. F.
Febrero de 2014.